동시상영관

피로 묻든 영화 한 편 남기고
좁은 층계를 따라
토스터의 가파른 침묵 속으로 사라지는
사람들

어둠에 낀 나무들이 흔들린다
오래오래 기다려도 계속해서 먹빛 바람이 분다

10분이 1시간의 마지막 관객이 알약처럼 흩어지고
뼈 속까지 어두워진 극장

버려진 답론처럼 그를 기다린다
(이별보다 장점이 나을까)

겨울비가 나사못처럼 떨어진다
(이 빗속을 어떻게 가야 하지)

2006년 7월 김현서

7
9
0
0
정
리
시

코르셋을 입은 거울

창사

시작시인선 0067
코르셋을 입은 거울

찍은날 | 2006년 8월 20일
펴낸날 | 2006년 8월 25일

지은이 | 김현서
펴낸이 | 김태석
펴낸곳 | (주)천년의시작
등록번호 | 제300-2006-9호
등록일자 | 2006년 1월 10일

주소 | (우-110-872) 서울시 종로구 내수동 72번지
　　　경희궁의아침 3단지 오피스텔 331호
전화 | 02-723-8668
팩스 | 02-723-8630
홈페이지 | www.poempoem.com
전자우편 | poemsijak@hanmail.net

ⓒ김현서, 2006. printed in Seoul, Korea
ISBN 89-6021-010-2 02810

값 6,000원

• 이 시집은 2005년 한국문화예술위원회의 창작지원금을 받아 제작되었습니다.

• 잘못된 책은 바꾸어 드립니다.
• 지은이와의 협의에 의해 인지는 생략합니다.

코르셋을 입은 거울

김현서 시집

2006

自 序

한차례 소나기가 지나가고
다시 옷을 넌다.
구멍 난 옷, 크고 헐렁한 옷,
얼룩진 옷, 아직도 새것 같은
몸에 꼭 끼는 옷들
빨랫줄에 넌다.
먹구름이 또 몰려온다.
저 구름은 지나가는 구름일까?
또 비를 퍼부을까?

■ 차 례

III 깨지기 쉬운 화병

IV 어둠에 낀 나무

I

수염 난 장미

안개

제비꽃이 내 안에서 잠을 잔다
생동한 소식을 전하러 오는 물소의 발소리도
듣지 못하고
무덤에 붙잡혀 잠을 잔다
나는 제비꽃을 대신하여 너와 논다
흰 개미 떼 널따랗게 펴 바르며
사과나무를
자동차를 아침을 산 채로
씹어 먹는다
함께 놀던 나까지 씹어 먹는다
모난 글자들을 입에 넣고
질경질경

비

치를 떨며 비
아스팔트 색깔의 비
쟁그랑
지상으로
까마귀 목소리로 비
깨끔발로 비
하천으로 투하되고
날개 달린 지렁이
신문지 덮고 누워 있는 저 본능들
대꾸도 없이 비
풀 먹인 맹세가 흐느적거리고
굶주린 늑대새끼로 문신한 너와 나
빙 둘러앉은 비
붉은 입술로 비
시바의 내장을 파먹는 칼리 서울은
점자체로 찢겨나가고
부지불식간에 비
너절한 새살이 돋는다
혀에 짝 붙는

습관

내 안에 죽음의 원판을 숨겨두려는
당신들 들어요

끝은 이미 시작 속에 있었다
이제 다 끝났다
— 김현서, 「아버지의 혀」 부분

바다는 붉은 사과알 같은 코피를 흘리고 있었다
퍼내도 퍼내도 마르지 않는
침묵들이
바다를 에워싸고
핏발선 자궁 속에선
형형색색
울음의 양파가 터져 나왔다

태양이 발작을 일으키는 가운데
평온하던 경치와 바다는 피떡이 되어갔다
수십 수만 갈래
바람이 불 때마다
비비꼬인 것들이 바들거리는 바다
근처로 모여들었다 더듬더듬 흩어졌다
급속냉각된 희열을 들고
생각을 작두에게 위임한 여느 날처럼

바람은 혁대를 잡아 뺐다

시퍼런 폐허로 덮인 근거 없는 의심의 불꽃들
바람은 그 힘으로 살았다
해초
그 아름다운 꽃잎, 바다의 속옷을 찢고
이것이 순정한 환희라고 당당히 주입시켰다

내 머리 속에서 해당화
해당화
부러지는 소리가 들렸다

바다는 아무데나 머리를 짓이기며
누에고치 눈물로 코를 틀어막고
잭나이프를 빼 들었다
세상을 향해 바다는 절망하지 않으려 싸웠고
절망하면서 짐승이 되어갔다
세월의 무릎을 꿇린 채
어둠은 바람을 도와 잘못 든 길을 고집하며
불빛을 쪼갰다

나날은 설득되지 않았다
바람이 자는 동안
세상은 죽음으로 복구되고 있었고 바다는
약에 취해 있었다
모든 탈골된 사물들이 바다를 점령했다
약을 먹을수록 더 악화되기만 했다
지뢰를 밟고 서 있는 여자처럼
바다는 빠르게 시들어갔다
바다의 살집을 타고 오르던
몰락의 겨울을 깨우며
방파제는 지들끼리 허리를 움켜잡고
자꾸
자꾸
자꾸
웃었다
이른 저녁부터
모포를 뒤집어쓴 술집들은
계보 없는 노래를 선창하며 관음과
죽솥의 한 시대

나락의 문신을 새겼고
바다는
곳곳에 표류하는 상처를 닦으며
오구의 긴 춤을 추었다

검은 눈물

1

정화조 근처, 썩어가는 쥐들 사이로 민들레가 돋아난다 살
아보겠다는 의지가 민들레를 잔인하게 만든다 독사처럼
혀를 날름거리며 민들레를 맴도는 회색도시

2

미처 삼키지 못한 비명이 사지를 버둥거린다 뇌출혈처럼
웃음이 슬금슬금 내 몸을 빠져나간다 화염에 싸인 칼과 주
사바늘을 휘두르며 저녁이 온다 더 이상 우려낼 것 없는 나
를 의사들은 시든 꽃이라고 진단한다 시든 꽃에겐 한 조각
의 햇빛도 과분하다

3

어디로 도망칠까 살육이 백 개의 눈을 달고 달려온다 병실
유리창을 깨고 내 눈구멍에 고슴도치를 박는다 창문이 곤
두선다 가로등이 진저리 치고 생각은 담쟁이처럼 엉킨다

어디로 도망칠까 사방이 병원인데 어디로 도망치나 아카
시아 이파리를 한 잎씩 떼며 점을 친다 세상은 버찌처럼 어
둡다 발바닥에 검은 눈물이 묻은 사람이 다가온다 뚜벅뚜
벅 먹구름 바람이 나를 흔들어 깨운다

미행

밤이었다
빨간 앵두 같은 피를 뿌리며
누군가 내 뒤를 쫓아왔다
검은 스타킹으로 복면하고
어둠과 신발을 바꿔 신으며
눈썹이 하얗게 쇠어버린 가로등을 흘끔거리며
나를 쫓아왔다
전봇대에
이발소에
성당에
몸을 숨기며
난 너의 모든 걸 알고 있어!
한 발 한 발
일정한 거리로
내 뒤를 쫓아왔다
밤이었다
거머리 같은 밤이었다
도시는 안개의 손에 목이 졸리고 있었다
등골에서 음산한 눈초리가 칼날처럼 진득거렸다
내 몸 속에서 수백 마리 불안이 새끼를 깠다

꼬물꼬물 애벌레처럼
내 손에 들려 있던 박꽃이 떨어졌다
상황은 해명되지 않은 채
이끼 낀 시계는 계속 돌아갔다
내 몸의 살점들이 조금씩 조금씩 떨어져나갔다
밤의 손톱이 자라고
길들이 질질 끌려다니고
도시의 창문들은 풍경을 먹어치웠다
놀란 새들이 지상으로부터 튕겨나갔다
다급해져 뒤돌아보면
심장 없는 달이
빌딩 옥상에서 녹차를 마시고 있을 뿐인데
날개의 피는 멎지 않고
짐승처럼 썩은 입김을 뿜으며
누군가
지금도 누군가
내 뒤에서

1999년 겨울—뱁새 도시

1월 11일
어둠을 껴입고 나는 세상을 염탐했다
도시는 밤마다 비명으로 덧칠되었고
비명의 군락지에선 벌과 나비들이 뒤엉켜
꽃을 윤간했다
꽃들이 흘린 검은 꽃물이 하수구로 흘렀다
불빛이 잘린 도로 위로
격앙된 밤의 눈알이 굴러다녔다
사이렌이 계속해서 울렸다
어린 새들은 날지도 못하면서 둥지를 떠났고
바람은 내 머리채를 쥐고 흔들었다
항구를 겉도는 기름띠처럼
세상이 보였다

2월 19일
화끈거리는 도시를 식히며 바람은 구름을 불러모았다 구
름은 얼음빛 표백제를 살포했다 표백제를 뒤집어쓴 도시
는 양철조각처럼 빛났다

11월 30일

탈색된
사람들을 물어 죽이기 시작한 문들

12월 22일
플라타너스가 벽시계 속에서 썩어갔다
거울에 붙여놓았던
어머니의 말도 썩어갔다
환각을 권하며
축구소년이 몇 마리의 새를 몰고 와
정원을 만들어주었다
나는 벽시계에 링거를 꽂고
책갈피에 끼워놓은 불빛을 꺼냈다
비명을 찢고 동백 냄새가 팔딱거렸다
우울을 걷어내며
꽃샘이 솟아났다

꿈꾸는 데 날 빌려줍니다

— 프라우 프리다. 나는 그녀를 안다. 그가 지켜보는 가운데 해일이 그녀와 그녀의 자동차를 공중분해시키기 전까지 〈꿈꾸는 데 날 빌려줍니다〉 그것이 그녀의 직업이었다 .

백미러 속의 살풍경

깨끗한 수건으로 닦고

당신을 맞을 채비 합니다 해일처럼

비명도 절규도 휩쓸어간 당신

가슴에 예쁜 꽃씨를 뿌려줄게요

눈을 감고 찬찬히 눈을 뜨는

칸나를 보세요

기분 좋지 않습니까?

내가 이렇게 된 이유는

교묘한 앙갚음이 필요해서는 절대 아닙니다

밤의 비명소리에 소란스러워진 당신

당신과 함께

밤하늘보다 야윈 밥상을 들여다보며

쓴맛을 보는 날

탈진한 해를 안고

탈진한 꿈을 안고

당신이 나를 찾아와도 좋고

내가 당신을 찾아가도 좋습니다

내 가슴살 발라내

배를 채우고 내 피로 목을 축이세요

서서히
내 체형에 맞도록

당신과 나—뱁새도시

죽지 않는 도시를 건설하겠소
당신의 마알간 심장이
이 도시를 일으킬 것이요
우리 함께 가요
당신과 나 이 싸움에서 죽든지 살든지
뒷일은 우리 몫이 아닌 시간의 것
내가 원하는 건 단 한 가지
고통이 낭자한 이 도시를
태깔 곱게 단장하는 것
당신과 함께
순결한 노래 목청껏 부르며
말문을 열어보는 것
지금은 한밤중이고
별들은 모두 실종되었소
어둠은 생존자명부에서 내 이름을 지우며
이젠 당신을 노려보고 있소

II
사과나무가 사는 파란 지도

오해

얼음으로 치장한 내가 은행에서 나온다

1시간 후

공원에 선 내가 해동된다

1시간 후

흐물흐물해진 내가 계단에 쓰러진다

1시간 후

한 점 웅덩이로 남는다

1시간 후

내가 말끔히 말라버리자 시간은 칼로 자신을 난자했다

위풍당당 행진곡

  허겁지겁 샤워를 하고 허겁지겁 머리를 말리고 허겁지겁
우유를 마시고 허겁지겁 서류를 챙겨 허겁지겁 구두를 신
고 허겁지겁 골목을 돌아 허겁지겁 택시를 잡아타고 허겁
지겁 계단을 오르다 허겁지겁 무릎이 깨지고 허겁지겁 복
도를 뛰어 허겁지겁 책상에 앉아 허겁지겁 컴퓨터를 켜고
허겁지겁 FAX를 보내고 허겁지겁 전화를 받다 허겁지겁
커피를 쏟고 허겁지겁 긴급회의를 하고 허겁지겁 의견충돌
이 생기고 허겁지겁 상사에게 불려가고 허겁지겁 결재를
다시 올리고 허겁지겁 고객을 만나다 허겁지겁 밤이 오고
허겁… 지겁… 겁… 겁난다… 난다… 난다

  무덤을 개썰매처럼 끌고 가는 저 비둘기!

휙 지나가는 한 장면—뱁새도시

주차장에서 그림자가 일어나
천천히 내 속으로 들어온다 화장이 지워진 얼굴로

주차장의 비명하는 입을 틀어막는 남자
손과 발이 묶인 여자
황급히 문을 닫는 발소리
자아, 모로 누우렴 두 눈엔 병을 꽂아줄까
좀 쉬게 해줄게
오래 누워 있으면 이 검은 바닥도 푹신한 꽃이야

기둥 뒤로 사라지는 불빛
축 늘어진 바지를 추키는 칼날
핏기 없는 12분
시간의 맨얼굴을 생중계하는 CCTV

찢어진 아침을 감싸는 냉기 한 쌍
여럿이 혼자 있는 여자
고양이처럼 내 손을 핥아대는 절망
두 팔을 높이 쳐들고
바람은 내 발목을 잡아끈다

모두가 쉬쉬하며, 귀를 곤두세우고

주차장에서 그림자가 일어나
천천히 내 속으로 들어온다 화장이 지워진 얼굴로

고슴도치를 타고 놀다

동물원에 갔네 온몸에 바늘을 꽂고
고슴도치가 우리 안에 갇혀
울고 있었네
모든 탈수된 사랑과 분노와 욕망
몸 안에 쑤셔넣고
세상을 향해 독침을 곤두세우고 있었네
그건 나였네 나는 고슴도치 목에 묶인
쇠줄을 풀어주고 집으로 데려왔네
예리한 바늘 밑 살 속엔
우그러진 고통의 기억과 상처들이
꽃씨처럼 묻혀 있었네
나는 따뜻한 물로 몸을 씻어주었네
노래도 불러주고 약도 발라주었네
바늘은 서서히 보드라운 털로 변해갔네
나는 봄볕과 함께 고슴도치를 타고 놀았네
여름이 가고 겨울이 왔네
벌 떼처럼 무수한 눈발이
질식의 철조망을 향해 달렸네
사람들은 여전히 악취로 빚어진 우리에
짐승들을 사육했네

도금된 살점을 서로 먹으려 이리처럼 싸웠네
도시엔 까맣게 타버린 꿈들만 자욱했네
나는 자꾸 푸른 숲의 골짜기로 돌아눕고 싶었네
다시 여름이 왔네
내가 숲을 기웃거리는 사이
누군가 내 고슴도치를 다시
동물원으로 끌고 갔네
나는 가슴을 졸이며
불구의 화분에 물을 주고 성호를 그었네
도시에 새로운 장마가 북상했네

변태니까

까마귀 한 마리가 간밤에 죽었소
내가 이리 가져오라 하였소

왜?

까마귀는 임신 중이었고
나는 감옥에 가고 싶었소

왜?

도시가 앰뷸런스에 실려 병원으로 가고 있소

왜?

왜라고 묻는 당신은 지극히 정상이오

왜?

진흙을 이겨 넣은 봄날

나는 뻘밭에 서 있었다
태양은 다랑어를 대신해서 도마 위에 누워 있었다
숨을 내쉴 때마다 몸속의 파란 지도가
도끼 모양으로 굳어졌다
길들은 검은 구멍에서 나온 갯지렁이처럼 뒤엉켜
내 발목을 조였고
뻘밭은 눈이 시퍼런 바다와 교미 중이었다
나는 도끼를 꺼내
바다의 하얀 가슴살을 베어
횟집으로 들어갔다
햇볕에 그을린 늙은 아낙이
소주와 갓 베어낸 태양을 먹고 있었다
겨드랑이에서 식은땀이 흘렀다
주머니 속엔 까마귀들이 빙빙 맴돌았고
송이버섯 같은 눈물이 뚝뚝 물새 소리를 내며
찬 콘크리트 바닥으로 떨어졌다
늙은 아낙이 마시는 건 소주가 아니었다
뻘밭이 토해놓은 피멍이었다
젖은 불꽃과
진흙을 이겨 넣은 봄날이었다

창가엔 해골 같은 술잔들이
칼집 난 태양을 바라보고 있었다
조용히 눈만 깜박이던 고양이가
바다의 하얀 가슴살을 먹어치웠다

이토록 또렷한 풍경

작약

주색에 빠진 패배가 잠시, 한눈파는 순간을 나는 "길조가
보인다." 불효한다고 형을 죽인 동생처럼 착각했다 그 동
안 덮고 자던 혹한을 서둘러 내다버리고 내 암녹색 얼굴에
불을 지피고 천길 비명을 뽑았다 진창을 뽑고 황사를 뽑고
아침햇살을 게걸스레 마셨다 김칫국을 마셨다 순식간에
허물을 벗고 나는 뱀이 되어 젖가슴 같은 꽃 작약을 한그루
심었다 나날은 웃음을 뚝뚝 흘렸다 꽃병과 칼과 거실은 새
로운 꿈을 꾸었다 나흘 후 작약을 한그루 더 심었다 나는
암녹색 피를 닦으며 작약 속에 누웠다 바닥은 진짜 같았지
만 천장엔 핏기 없는 내 얼굴이 대롱거렸다

의자

너는 난생일까 태생일까?
복제일까 항거일까? 매일 먹는 혼선일까?
착각의 도끼일까
그 모두일까? 그 모두가

아닐까?

도끼

착각은 나를 공중에 매달아 빙글빙글 돌렸다 어디로 날
아볼까 물을 수도 없었다 식음을 전폐한 몇 날이 지나자 내
심장에서 도끼가 돋아나더니 착각을 한입에 삼켜버렸다
도끼는 에어소파처럼 부풀어 올랐다 에어소파에 앉은 나
는 오금이 굳어버렸다

어머니

시멘트처럼 굳어버린
저기 저 패배의 말씀 피울음의 유적지여
기만에 관해서라면
아무렇지도 않게 바지를 내리고
힘을 발산하는 세월이여
온종일

무수한 말을 하며 아무 말도
알아듣지 못하는
시선이여 나를 위한 연민도 비껴간
서울이여 너의 입에서 비틀거리며 새나오는
비명의 걸레여 시체의 구더기 떼처럼
생기 찬 내 몸을 헹궈내는
나를 버린 어머니여

숲

　얼룩진 심경을 세탁소에 맡기고 나는 숲으로 가고 있었
다 어린 조카들이 나를 배웅해주었다 고모 안녕 숲은 고모
신발에 생수 같은 깃발을 꽂아줄 거야 수상한 가락에도 어
깨춤을 추게 할 거야 햇빛으로 풍만해진 눈을 뜨자 다시 천
갈래의 칼날이 나를 휘감고 있었다 온몸이 달아오른 칼날
이 분사되자 봄볕은 때꾼한 눈을 감아버렸다

　다시 숲

해를 거듭할수록 증폭되는 울화가 있었다 최신판 칼부림 도로는 꾸준히 햇쑥했고 수목은 눈물을 떨구며 흔들렸다 죽은 붕어떼가 강변을 처매고 있었다 어설픈 용단이 두통이 나를 농락했다 숲은 점점 더 어두운 길을 내놓았다 작약은 피기도 전에 시들었고 누군가 내 랜턴을 박살, 박살냈다 숲은 숨을 곳은 많았지만 쉴 곳이 없었다 나는 칠흑의 공기를 깨우며 걸었다 눈은 호주머니에 넣고 맷돌처럼 걸었다

나

나는 북풍으로 절인 시간의 포도주며
너무 빨리 낙심하는 자이다
세상은 내 노래에 독화살을 겨누고 있었고
나는 그 공포로 하루를 견뎠다
내 죽음의 입수포즈는
나날이 세련되고 근사해졌다
죽음은 나를 매끄럽게 설명해줄 것이다

직장—뱁새도시

원숭이가 나무 위로 달아난다
개화를 기다리는 사과꽃
늑대가 도끼로 나무를 내리친다
수액을 빨아먹는 달빛
나무는 쓰러지며 늑대를 덮친다
그 광경을 바라보며 웃다가 너구리는
덫에 걸린다
어둠의 육질 속에 갇힌 구름
토끼가 포수를 부르며 너구리를 약 올린다
수혈을 시도하는 구름
침봉에 앉아 포수는 토끼를 조준한다
은빛 날고기, 포수의 똥구멍을
쿵쿵거리며 늑대가 이빨을 드러낸다

달각달각
환멸의 새들이 전투용
비행기를 타고 몰려온다
내 몸을 받쳐주는 오리발과
바닷물을 마시는 쥐똥나무
책상에 죽치고 앉아 내 머리를 바꾼다

내 식성을 바꾼다 내 구두를 바꾼다

나를 거둬주고 실컷 농락한 이 생경한 숲

구관조, 연못, 나

구관조가 새장에서 빠져나갔다
미루나무가 야릇한 미소를 지었다 여름이었다
연못의 콧잔등에 억새가 팔랑거렸다
튜브에 엉덩이를 끼고
나는 일광욕을 즐겼다
연못에 갇힌 물고기들이 내게 길을 물었다
고통의 향기에 대해 물었다
구관조의 안부를 물었다
나는 멈춰버린 시계를 보여주었다
억새가 눈물로 흥건해진 나를 쓸어주었다
정오가 되자
태양은 채찍을 휘둘렀다
천 갈래 만 갈래 빛깔로
흐느끼는 신음들
칡넝쿨처럼 연못을 휘감았다
벌어진 환부에서 혓바닥 같은 연꽃이
무더기로 피었다
수은을 덮고 누워 있는 연꽃 사이 사이
핏물이 빠져나간 창백한 연꽃
바위에 고통을 펴 널며

연못은 온몸으로 연꽃을 일으켜 세웠다
지나가던 들고양이가 비린 연꽃을 먹어치웠다
실뿌리들은 불에 덴 듯 솟구쳤고
채 여물지 못한 연꽃엔 숭숭 구멍이 뚫렸다
연못은 돌풍처럼 달려와 나를 연못 밖으로 내던졌다
바람의 흰 눈알이 이리저리 굴러다녔다
가슴에서 분노가 만져졌다
털이 뽑힌 채
구관조가 돌아왔다
흰나비 떼가 내 머리 속을 가득 채웠다
나는 재킷 속에 감췄던 칼을 꺼내 들었다

반란의 기회를 노린다

꽃나무 아래 여인의 시체

K는 다리를 벌렸고 H는 다리 사이로 들어갔다
붉은 열매를 씹으며
들어가 보니
S는 오나가나 설거지 차지라고 투덜댔다

구름이 북을 치며 거리의 빛과
인적을 없애는 동안
밤은 도망치려는 아이들을 잡아 마약을 투입했고
달은 고양이 가죽을 쓰고 사람들을 공격했다

자멸인지 유희인지
내 기억은 뻘겋게 달군 쇠로 울음소리를 새기고 있어
그건 도시를 자라게 하지
KHS는 담벼락에 그렇게 써갈겼다

모욕당한 자의 침묵

나는
열 살 때부터
물을 먹었다 어머니도
먹었고 언니도
동생도 먹었다
나는
지금도 먹는다

너는
아홉 살 때부터
불을 먹었다 아버지도
먹었고 형도
동생도 먹었다
너는
지금도 먹는다

지름길

땀에 젖은
줄무늬 양복과
서늘한 웃음
늪처럼 어둡고
도끼처럼 친절한
그가 좋다
은밀히 행복을 일깨우며
침묵으로 일관하는
그가 좋다
늪가의 풀을 뜯어
화를 닦아주는 그가
걸을 때마다 묘한 악취를 풍기는
그 때문에
죽어가는 줄도
모르고

철공소와 정육점 사이
너와 나 사이
그가 서 있다
내가 얼굴을 디밀자

기다렸다는 듯
　시간을 음모로 바꿔주며
　내 뒤의 너를 본다

　　그의 눈빛엔
　　긴장이 있고
　　이완이 있고
그는 항상 떠날 채비가 되어 있지만
　가방 속은 텅 비어 있다
　　나를 가장 빠르게
　　정류장까지 데려다주는
　　　쇠파리 들끓는 지름길
　　　나는 그가 좋다

공중전화

삶은 귓볼을 건드리며 충혈된 구멍을
빠져나가는 폐수
환상을 적시고 환청을 적시며 물소리는 계속
이어진다 밤을 체로 거르며
불이 타들어오는데
이 집 이 강변 이 번갯빛 누가
내 심장을 펌프질하는가

누가 밤중에 불을 붙여 제 시간에 맞춰
그 불로 비행하는가 누가
소란스런 침묵에 서로의 숨소리를 섞는가
누가 침실을 찾지 못하고 과속방지턱에 걸려
그곳에서 아침을 맞는가
속지 말아야 한다
예전의 모략자는 밀어내고 새로운 모략자를
밀어넣는 그가
벌거벗겨진 꽃밭으로 나를 또
불러 세운다

1 사과나무가사 는파란지도	2 고통분쇄기	3 빨간구두를 신은칼
4 시간이 탈수되는소리	5 고집센 햇빛스피커	6 앙상한 철제선율
7 수탉의 울음소리	8 급류속의 관광버스	9 열두개의 혓바닥
* 너를 호명할때마다	0 껍질을벗는 눈깔사탕	# 달빛 망치질

환청

환청

오후 0시의 환청

이미 밤이었을 때 그의 닫힌 눈을

들여다본다 그는 형형색색의 소리가 되어

안개처럼 내 눈을 더듬는다

내 눈을 서늘한 불 속에 놓으며
회로사막 속에서 그는 기다린다

뚜 뚜 뚜 뚜 뚜 뚜 뚜 뚜 뚜

밑도 끝도 없는 대화

"전력질주한 직후처럼 심장이 헐떡거려."
"맛이 어때?"
"며칠이나 못 깎은 수염?"
"뜨끈한 굿판을 벌려볼까?"
"번식기의 암소가 맹수로 돌변했어."
"신수 훤한 샤브레 과자 봤어."
"턱이 비바람에 혹사당한 듯 떨려."
"비바람을 데워줄까?"
"사방엔 모습을 드러내고 싶어하는 살의뿐."
"수치를 재보자."
"평평한 바다는 위험해."
"기억을 되새겨봐."
"틀니 낀 도끼 탓이야."
"다 거품을 떠내는 국자야."
"심장에 꽂힌 칼날까지?"
"내 스스로 내 죄를 사면하면 그만이야."
"파도가 음매 하고 울어."
"이제 그만해."
"수챗구멍에 쑤셔넣고 싶은 나날이야."

III

깨지기 쉬운 화병

플라시보[*]

너는 거죽만 남은 집
너는 상처를 파종하는 손
너는 녹색 비린내 사이렌
너는 폐수 속의 오아시스
너는 비명을 자르는 가위
너는 스프링쿨러

비가 너를 피해 내린다

나는 풍향계를 들고 온 라일락
나는 겨울을 암매장하는 삽
나는 거미줄에 얽힌 도로
나는 그 오른편에 앉은 물풀
나는 물냉면
나는 이글거리는 증오

증오 아래 쓰러진 내가 일어선다

*Placebo : '나는 좋아질 것이다' 라는 뜻의 라틴어. 특정한 약성분이 없이 환자의 정신력을 이용해서 인체에 나타나는 증세를 조절함으로써 스스로 치료효과를 높이게 하는 약이다. 그러나 플라시보의 최면적 효력이 커서 복용한 사람들이 졸음이나 구토, 현기증, 불면증, 시야가 흐려지는 증상의 부작용이 나타나기도 한다

저수지

나란히 누운 물
속에 잠기는 마알간 풍경
밀봉된 저수지를 뜯고
깨진 풍경을 스크랩하는 남자
돌 틈 사이로 갓 손질한 붉은 꽃밭
무릎까지 잠기는 핏물을 유심히 바라보는 여자
정오를 지나 껍질을 담아놓은 접시와 타액이 묻은
과도와 보이지 않는 눈과 사방에는
복제된 그림
식탁을 지나
너무 많은 것이 보인다
욕조를 지나 음모로 뒤덮인 습지
나방처럼 복도를 지나 두려움에 떠는 웃음소리
손에 들고
우산꽂이를 지나 지하방을 지나 계단을 지나
목까지 차오르는 핏물을
무심히 바라보는 여자

출신성분이 다른 쿠키와 장아찌

네가 던진 돌에 바람이 마비된다
자명종이 마비되고 목소리가 마비된다

내 체온을 뺏던 입방아, 길을 끌고 간다

절망의 위산에 녹아버린 나를 짓밟으며
불빛은 얼음처럼 빛난다

삭아버린 고무줄 양끝을 잡고 있는
너와 나
상처난 태양은 돌 속에 숨어 나오지 않고
나는 외다리 비둘기에게 빵조각을 떼어주며
겨울을 견디고 있다

잡티 수북한 눈물 바람이 인다

산책로를 따라 단풍나무 행렬이
꽃상여를 메고 간다
하늘에서 첫눈이 내린다
저 음순이 빠진 발기된 나무 위에 처덕처덕 쌓이는

녹슨 자책의 지느러미들

길 잃은 새가 조용조용 죽음을 미행한다

추운 여름

어둠 속에서 너를 보네?
여름이 춥네
너는 단 한마디의 언질도 없었지만
나는 알고 있었네 북어포가 된 도랑을
말똥처럼 앉아
네가 보인 마지막 칼날을 보네
나는 여름을 찢어발기고 있네
여름에 남길 거라곤 어항을 빠져나간 금붕어
얼음가면과 북소리
어떤 거울을 내보여도
거울에선 새파란 말벌들이 쏟아지네
무엇이든 나와 동떨어져 있었네
다정한 치유는 개미굴처럼
오직 굴곡된 시간의 바깥쪽에만 있었네
손에 쥔 물처럼 허망한 꿈이려니
해가 지자
또 너를 수색하네
다 끄지 않고 떠난 추억에
몸이 더워진 나를 한 장 떼어내
다중변태성욕자처럼 기뻐하네

아직도
내 피 속에 남아 있는 불을 보네

사람을 보면 문을 닫고 싶어진다

맹렬하게 달려들었다가 단단한 방파제에 명치끝을 채인 바다. 바다의 끝! 끝이 있다는 건 시작이 있다는 얘기다 그렇다면 여기 소란스럽게 깨지는 바다의 시작은 어디였을까 공포와 충동은 함께 느껴지는 것일까 여기는 죽음을 한 번쯤 재고해 보라는 경고판이 없다 파도는 흰 이빨을 드러내고 난폭한 슬픔을 써레질한다 산중턱마다 암벽처럼 건물이 붙어 있다 전망 좋은 집들은 모두 파괴 위에 안락을 누린다 사람과 가까이 하면 훼손되기 마련인가 쓸쓸함이 뙤약볕처럼 살을 파고든다 쓸쓸함이란 싸워 이기는 것이 아니다 묵묵히 견디는 것이다 이제 나는 몸무게가 맞지 않는 사람들과 시소를 타지 않을 것이다 태양은 웨하스처럼 부서져 바다 위에서 녹아 없어지고 나도 서서히 귀가 채비를 해야 한다 작은 거울이 있는 내 방은 가끔 나를 두 개로 네 개로 만들곤 한다 열 개의 탁자가 있는 카페 이삭은 화장터의 열기를 내뿜는다 창 너머 바다로 떨어지는 불빛은 퍼석퍼석하게 움죽거린다 오늘 밤은 별이 보이지 않는다

아메바

젖은 행주로 식탁을 훔치다

꾸덕꾸덕해진 강에서 물고기를 잡아
국을 끓여줄게
산을 넘어온 바람을 잘게 썰어
당신 코트에 묻어온 햇빛도 잘게 썰어
따끈한 국을 끓여줄게
주일미사가 끝나고 남는 시간
당신은 발코니에서 풍욕을 즐기고
나는 자질구레한 추억을 썰어
맛있는 국을 끓여줄게
찰기 있는 웃음으로 양념한 식탁에
당신은 앉아만 있어요
화분에 비료를 주고 물을 주고
당신은 창밖 비 그친 거리만 구경하세요
소나기를 피하지 못한 당신 신발은
그때처럼
내가 말려올게
이제 곧 겨울이래요
당신이 온다고 길을 터주던 수화기는
어제로 유효기간을 넘겼고
난 혼자서 식은 국을 마셔요

그리고 나선 평소처럼

아네모네

깨진 병조각을 기억한다
노을빛 - 비극적인 소모의 빛깔 -
주름 속으로 느릿느릿 걸어가는
저녁을 기억한다
발톱에 긁힌 원탁과 두 개의 의자를 기억한다
(그 방은 따뜻했던가?)
체크무늬 셔츠를 기억한다
지금 와선 아무것도 아닌 이야기와 제조된 커피를
기억한다
여름을 지난 헐거워진 화단에
아네모네를 기억한다
나의 것도 너의 것도 될 수 없는 아네모네
아네모네 같은 기억을 기억한다
도시가 기울 때
삼류 극장 화장실 벽의 음화를
앙상한 담배연기를 기억한다
열려진 창으로
잠깐씩 보이던 검은 구름을 기억한다
공터의 죽은 약속을 기억한다
묘지 같은 시간

멋대로 붙인 자막 속에 타락천사를 기억한다

벽을 보고 서 있는 여자

인기척이 느껴지면 문을 잠그고 불을 꺼야지
시오리쯤 발을 맞추다 보면 또 싱싱한 도끼날을 들이댈
테니까

더 이상 참담해지지 않으려면 왼귀는 오른귀를 믿어선
안된다

비명뿐인 용기라도 필요한 저녁이다
속이 얼얼한 어둠이 찾아든다
가슴을 쥐어뜯던 벌건 바다는
어둠으로 숨구멍을 틀어막고
아직 떼어버리지 못한 이월의 달력에서
水는 투망질을 해대고, 火는 오줌을 찔끔거리고, 金은 입
술을 깨물고,
日은 원하지도 않는 火에게
자살한 바다에 대해 설명하고 있다
눈을 들면 온통 압정 붙은 벽뿐이다
속초에 와서 퍼덕대던 웃음은
밤이 되면 자근자근 알코올로 짓뭉개지고
중독은 사막을 낳고 눈물은 먼지를 낳아요

언제나 엄살을 떨던 나를 다독여주시던
아버지도 벽 속으로 들어가시고

서울을 떠난 지 열흘이 지났다 무작정
시계바늘을 돌리다 보면 뭐든 늙은 벽이 되어줄 것이다
습관이란 그런 거니까

지하철을 타고

고단한 가출에서 돌아오는 길이다
광대뼈가 드러난 푸마배낭에는
모서리가 없어진 10년 동안의 빈 의자*와
먹다 남은 빵 그리고
외풍이 심한 만년필이 하나
나는 다시 검은 비닐봉지의 구역으로
송글송글 패악의 병풍 속으로
산본행 지하철을 타고
돌아간다
강철로 된 희망의 성화가 있을 거라고 믿었던 그곳에는
실상 아무것도 없었다
환상은 다만 환상일 뿐이었다

*송찬호 시집

72

끝이 보이는 침대

태엽 풀린 인육의 시간이여

깨지기 쉬운 화병과 말라버린 까마종이

빗과 립스틱 그리고 거울이 있는 방

    공공_____

       연한_____

         비밀_____

           통로_____

내 볼품없는 가슴을 핥아주던 방

접어논 우산에서 **빳빳한** 녹물이 터져 나올 때

교활한 병따개가, 없는 방에 눕다

끝이 보이는 침대에 눕다

IV

어둠에 낀 나무

아주 우호적인 하루

불신을 메고 가는 내 두 어깨에
살이 오른 해를 입혔다
벗겼다
눈에 불을 켜고
누군가
내 뒤숭숭한 손가락으로 박토를 휘젓는다
애써
풀 한 포기 심으려 한다

우선 눈을 뜨는 거야

나를 위문하던 잠자는 숲이여 이제
내 머리에 빛그물을 뿌리지 않아도 좋아
내 목을 쓸어주던 안개의 손을 보여주지 않아도 좋아
바람새들은 모두 내 살갗을 벗겨
입고 떠나도 좋아
녹음과 망각의 은혜를 모른다고
불방망이로 난장질해도 좋아
네가 준 봄은 허옇게 뼈가 드러났으니까
한겨울 다 가도록 이 빌딩숲에서
내 혀는 할 말을 잃고
옹이진 두 발은 바삭 타버렸으니까
이제 그만 떠나줘
내딛는 불신의 걸음걸음
오색종이 뿌리며 배웅해줄게
네 얼굴 같은 위조지폐 뿌리며 배웅해줄게
날은 내장까지 춥고
난 환멸氏와 오락이나 하며
그가 비벼준 비빔밥이나 먹을래
그가 준 토마토 빛깔의 공포를 나눠주는
식물성 개나 될래

잠꼬대

개 짖는 소리가 삐뚤삐뚤 피어오른다
태양이 붙여준 크고 헐렁한 그림자를 끌고
채마밭으로 혼자 쇼핑가는 날
나를 본다 텅 빈 하늘을 향해
입만 벌리고 있는 장대에 끼워논 허수아비
가시덤불 속에서
내가 타는 냄새
흙으로 덮고 바구니에 무를 담는다
곁에 쪼그리고 앉아 있는
그림자 반납일을 꼽아본다
(그날 이전의 모든 날들은 잠꼬대가 아닐까?)
눈만 뜨면
배추에 가지에 고추에
인두자국 새기며 늙어가는
미사보를 쓴 저 여름태양
발꿈치를 물고 놓지 않는 개

환멸(1968~)

1
홍청거리던 바람이 비구름을 장대로 후려친다
도둑고양이의 탁류빛 웃음소리가
환멸로
쏟아진다
눈이 쑥 들어간 환멸의 악취에
갈 길을 잃은 내가
침수되고
나를 끼워주던 풍경이 차례로 유실된다
나를 테스트하던 손짓들
부서지면서 수런수런 스크럼을 짠다
코르셋을 입은 거울 속에서
뜰채 속에서
저렇듯 바빠

2
(나대신) 더위를 살해한 태풍의 성욕이 (나대신) 피임용
꽃병을 끼우고 눈곱 긴 창문을 겁탈한다 시계를 겁탈하고
벤저민을 겁탈한다 (나대신) 몇 번 해본 솜씨로 미끈하게
녹색의 땀을 뻘뻘 흘리며 태풍의 행실에 답사하는 숨넘어

가는 눈들 (나대신) 움켜잡는다 (나대신) 끽소리 한번 못하
고 자동차가 쓰러지고 안내표지판이 절룩절룩 외다리로
도망치고 불기를 발라놓은 아스팔트가 융기한다 (나대신)
열전의 공격성들 (나대신) 그들을 도색한다 방부제 솔솔
뿌려가며 임신한 편두통이 (나대신) 술과 불법비디오가
(나대신) 그들의 감정을 요리한다 문상객의 얼굴로

3
관뚜껑 같은 한낮
정액 냄새 나는 시계를 따라
고개 빳빳이 세운 환멸이 큰소리로
큰소리로

"환멸마트 영업중"
출입시 ① 유리조심
        ② 발 밑은 보지 말 것
        ③ 전품목 환불, A/S 안됨
"유익한 방문입니다"

못에 걸린 눈들이

죽음의 꽃가루를 끼얹는다

4
세상이 춘몽과 천불의 톱니바퀴임을 알았을 때
나는 시를 쓰기 시작했다
막연하게
누군가 내 대신이 되어주길 기다렸다
진짜인 나는 골방에 틀어박혀
한 치의 이빨자국 없이 세상을 나고
내 심복이 세상의 본때와 맞붙기를 바랬다
레일을 벗어난 세상을 향해
내가 할 수 있는 반발이란 뼈대 들어내며
앙상해지는 일 그게
전부였다

모든 건
내 소관이 아니었다 눈빛마저

그들처럼
덫에 걸린 쥐처럼

나 또한

편승의 과즙을 짰고 때맞춰
그것을 음복했다
환멸, 그것은 파괴이자 창조였다

주파수를 바꾸자
동정심 많은
내 거울이 복개천으로 보였다
음습한 물에겐 벅찬 날이었다
나는 얌전 빼고 앉아
지반을 다졌다
낮과 밤을 무시하고
내 불안스런 생에 짐승의 피를 섞고
메스꺼운 찬사를 보냈다
골방의 나는 버리고

5
버마재비는 수태가 이루어지면
수컷을 잡아먹는다

서트랄린

그녀는 누군가를 훔쳐본다
그녀는 매료된다
그녀는 지퍼를 내리고 자폐의 혓바닥을 내민다
그녀는 뜨거워지고
그녀는 조금씩 조금씩
그녀는 그녀를 먹는다
그녀는 새끼를 잃은 암살쾡이
그녀는 절벽처럼 떠돈다
그녀는 세상에서 가장 오래된 수족관
그녀는 하수구에 엉킨 머리카락
그녀는 화를 낸다
그녀는 담뱃불로 눈을 지진다
그녀는 속죄양처럼 시간을 잇고
그녀는 매음녀처럼 시간을 끊어놓는다
그녀는 매일 알리바이를 조작한다
그녀는 벽을 통해 세상을 듣는다
그녀는 허기가 느껴지면 더 교활해진다

쾅쾅, 쾅, 쾅……, 쾅,

누군가 문을 두드린다 다시
들리지 않는다
환청이었을까
꿈틀대는 귀를 돌리고 나는
시를 쓴다

　　　제목 : 담배와 모든 것이

　　　표백된 담배연기가 내 몸을 파먹는다
　　　흰 이파리들 흰 손들
　　　휘청휘청 자라나 풀숲에 독초를 심으면서
　　　한쪽 눈을 떼어주면서
　　　내 속의 태양 확 찢어발기면서
　　　가공된 세상을 풀어놓는다
　　　심층이 표층으로 내닫는
　　　그때

쾅, 쾅, 쾅,
조금 전보다 강도 높다
환청이 아니었다

나는 망설인다

　　가공된 성당 가공된 의자 가공된 책
　　가공된 피, 그 핏물로 세수하시던 가공된 아버지
　　거울 속은 적막하고
　　비명의 비둘기 떼
　　편대 이뤄 진창 같은 하늘
　　꿰뚫고 지나간다

계속 두드린다
궁금하면서 귀찮다

　　깊은 낮
　　무게와 두께를 잃은 시간이
　　성급한 도시에 얼굴을 기댄 채
　　칼로 손목을 긋는다
　　바람은 기다렸듯 구덩이를 판다
　　차가운 땀을 흘리며

　콰콰콰, 콰콰콰, 콰콰,

사각의 아파트, 이 방엔
허리가 끊어진 사각의 담배와 나
단 둘뿐이다
비가 제법 내린다
장밋빛 내 눈은
담배가 호출한 소실점을 향해
타들어가고 있다

이젠 문을 빠갤 듯하다
왜 이리 집요할까
쾅쾅쾅쾅쾅쾅쾅
짜증이 난다

해골 둥지 속으로
담배는 바스락 소리를 내며
어깨도 떼어주고 엉덩이도 떼어주면서
내 기름진 웃음들
한 장 한 장 뜯어 해골 둥지 속으로
밀어넣는다

쾅쾅, 쾅, 쾅⋯⋯, 쾅,

    자동회전문 같은 낮과 밤의 순환
    혼몽에서 탈주하지 못한 오후 4시
    재가 된 웃음들 부둥켜안고
    담배연기와 함께
    내가 사라지고 있다

문을 열었다
굵은 진물 철철 흘리는 입술
달싹거리며 부스스 허물어지는
예기치 못한
만신창이

나는 말없이 고통의 등을 감쌌다

서랍 속의 밤 9시

땀 쥔 손으로 서랍을 연다

얼굴이 방부 처리된 주민증
찌그러진 기업리스 주식
　　죽은 바퀴 둘 가족사진
　　　　독도의 조약돌 헐떡거림
에뉴얼 리포트 먼지
핏방울 목걸이 손톱　　일테면
지난　여름밤　모기향　　타버린
기억 조 개의 모래알 파도
아버지의 혀　　일요일
　　　　　　　이 맞지 않는 달력
　　구름과 수염 난 장미와 토끼
　　　　　　혈혈단신
　　공포……….라는 백……지
가면 마스크
　　자명종시계
　　　사마귀 못 매미소리 귀마개
　　　뒤죽박죽 엉킨 끈 신용카드
수평선 달빛 시간의 귀 일상들

　　아무것도 꺼내지 못한 채
　　　서랍을 닫는다

잼병에 담아논 딸기잼

삶이란 가끔
공포영화를 보며 국수를 먹는 것
발톱 깎는 걸 잊듯 무심히 나를 잊고
죽음의 무게를 잊는 것
썩은 양파로 붐비는 삼등객차를 타는 것
창문을 열어놓고
치열한 고통과 치열한 웃음이
성관계를 갖는 것 그러다
분노가 닿을 수 없는 마음의 평원에
고요의 벌레를 풀어놓는 것
삶이란 말려도 소용없는 와이퍼
우울한 시간은 길고
삶이란 가끔
당신과 나의 시처럼 뻔한 거짓말을 하는 것
여기서의 삶은 그런 것
상처가 아물 수 없는 뱁새도시
어둠의 눈이 다시 활동하기 전
깔끔한 뱀의 필적으로
너에게
나의 손익계산서를 돌려보내는 것

파란대문 앞에 버려진 가슴 한 짝

1

일평생
공터의 페달만 밟다 눈을 감은 아버지
오늘 아침도 내 눈에 핏발이 섰어요
하루도 빼먹지 않고 공중엔
피얼룩의 유충들
폭포처럼 휘파람을 불어요
면도칼을 잡는 저 물에 빠진 엄마
너무나 치열하게 살아가는 엄마를 봐요 아버지
아침 식탁에 내려앉은
파랑새를 찌르는 송곳과 찬바람
담장을 따라 이동하는
백합의 운구행렬을 보세요 아버지
맹독성 현기증이 나를 덮쳐요
간밤에 누군가 우리집의 안전핀을 뽑아갔어요
이제 우리집은 언제 터질지 모르는 수류탄이에요

2

가슴을 지지는 몇 근의 사랑, 플래시 터지는 사랑
이젠, 하나의 색깔로 밖에 보이지 않는다

약병 속에 묻힌 내 그림자처럼

너를 덮친 그의 웃음처럼

빌딩과 빌딩 서로 다른 빙하 속에서

자동차와 자동차 서로 다른 속도 속에서

금속성 살을 섞으며

건조한 피를 닦으며

지금처럼

사랑 없이도 아이는 태어나고

살아가고 또

그로부터 12년 후

그때나 지금이나 음지로만 다녔고 머리엔 수난화가 피어 있었고 열매를 맺지 못한 나는 핏빛 토퍼를 즐겨 입었고

그때나 지금이나 인공부화된 소나무였고 구획정리가 끝나지 않은 길을 걸었고 절대 외롭다고 말하지 않는 청동오리였고 인조순풍을 구독했고

그때나 지금이나 몸 속에는 눈물이 꽉 들어차 빠져나가지 않는 튜브였고 송곳을 찾으려 내 두 발을 출장 보냈고 나는 오도 가도 못하고 두 발이 돌아오기를 기다렸고

그때나 지금이나 둥지를 빼앗긴 갈매기였고 쉴새 없이 바위를 문질러대는 바다였고 찢어진 셔츠를 움켜쥐고 뛰쳐나오는 해초였고 백상어 떼가 어서어서 지나가길 기다렸고

그때나 지금이나 상처가 썩지 않도록 더 많은 소금을 사들였고 인양선에 끌려가는 익사한 여객선

그때나 지금이나

이런 날, 빨간 개는 웃는다

끝이 어딥니까 내가 어디까지 끌려가 여장을 풀기 바랍니까 어디에서 내 목에 길을 내주고 싶은 거요 당신의 목소린 박쥐 떼 같아요 당신의 갈 데까지는 어디요 피칠갑을 한 저이들이 그대가 바라는 나요 내게 어떤 상호를 붙인 겁니까 난 양껏 걸었소 신발은 헤졌고 노자는 불면증뿐이오 처음은 멀어졌고 끝은 보이지 않소 턱수염이 길어진 나무는 서슴없이 비켜서고 태양은 재를 뿌리고 있소 당신의 태도는 습관이 준 전염병 같소 나날이 시큰거리오 아직도 걷는 재미 쏠쏠하오
　　　　　　　　　── 김현서, 「자명종시계」 부분

창문을 뽑아 던진 시간(말)이
꽃과 죽음의 통로를 선회한다
시간(말)은 늘 죽음 쪽에서 분주했고
가죽을 벗기면
죽음이든 침묵이든 입술이 떨렸고
돌풍은 용해되지 않았지만
죽음은 침묵보다 안전했다
밀랍인형처럼
나는 사용설명서를 보며
시간(말)이 훑고 간 침묵의 밤이슬을 해부하거나
재조립하거나
독 안에 넣어
어딘가 데려갈 채비를 했다간 주저앉고

그러는 동안
밤은 구둣발로 짓이겨지고
피가 거꾸로 흐르고
새벽은 흰 칼을 끌고 와
내 두개골을 찢고
문패를 난도질했다
두 달째
팔뚝만 하게 피었다 지는 열불의 향기
황산을 뿌렸다
귀싸대기의 침묵에 후문이 있는 침묵에
효험의 침묵에 속이 빈 침묵에
종잡을 수 없는 신음소리
쓸쓸한 뱃고동처럼
내 영혼을 닮은
속절없던
어느 해 봄인가 여름인가
그때부터 내 콧대는 우르르 내려앉아
화전 위의 꽃으로 짓눌려졌다
속이 하얗게 타버린 꽃

동시상영관

피로 물든 영화 한 편 남기고
좁은 층계를 따라
포스터의 가파른 침묵 속으로 사라지는
사람들

어둠에 낀 나무들이 흔들린다
오래오래 기다려도 계속해서 먹빛 바람이 분다

10분이 1시간이 마지막 관객이 알약처럼 흩어지고
뼈 속까지 어두워진 극장

버려진 팝콘처럼 그를 기다린다
(이별보다 잠적이 나을까)

겨울비가 나사못처럼 떨어진다
(이 빗속을 어떻게 가야 하지)

환멸 속에서 살아가기

엄경희(문학평론가)

1. 수염 난 장미의 절망

오로지 환멸만이 가득한 세계에서 살아간다는 것이 과연 가능한가? 환멸은 그 자체 존재의 방전이며 유실이다. 환멸은 한 존재로부터 행복과 희망을 거두어들이고 농담과 웃음과 놀이를 질식시킨다. 이처럼 생의 에너지가 탈색된 존재의 얼굴은 어떤 형상일까? 오랜 시간 환멸 속에 유폐된 자의 언어는 어떤 것일까? "뼈 속까지 어두워진 극장"(「동시상영관」)에서 그가 응시하는 것은 무엇일까? 죽음의 원판을 숨긴 얼굴, 수염 난 장미, 생존자명부에서 지워진 이름, 사육당하는 고슴도치. 이들이 환멸에 의해 야윈 김현서의 얼굴이다. 그의 시에서 생의 의지나 기대를 찾기란 불가능한 것처럼 보인다. 그는 환멸을 대신할 수 있는 다른 무엇의 가능성마저 지워버린 듯하다. 김현서의 시는 이처럼 절망적 심연에 닿아 있는 자신의 의식을 대상으로 한다.

더 이상 우려낼 것 없는 나를 의사들은 시든 꽃이라고 진
단한다 시든 꽃에겐 한 조각의 햇빛도 과분하다
—「검은 눈물」 부분

숨을 내쉴 때마다 몸속의 파란 지도가
도끼 모양으로 굳어졌다
—「진흙을 이겨 넣은 봄날」 부분

나는 북풍으로 절인 시간의 포도주며
너무 빨리 낙심하는 자이다
—「이토록 또렷한 풍경」 부분

병든 내면에 파란 도끼를 심어놓은 비관론자, 이것이 자
신의 시적 자아라고 김현서는 말한다. 이 대목에서 한 가지
부연하고 싶은 것은 그의 시에 자주 등장하는 '파란 도끼'
가 환멸을 쳐부수는 공격의 무기가 아니라는 점이다. 그것
은 오히려 환멸이 키워낸 치명적인 종양 같은 것이라 할 수
있다. 시 「이토록 또렷한 풍경」에서 "내 심장에서 도끼가
돋아나더니 착각을 한입에 삼켜버렸다 도끼는 에어소파처
럼 부풀어 올랐다 에어소파에 앉은 나는 오금이 굳어버렸
다"라고 시인은 말한다. 마음속의 도끼가 밖을 쳐부수는
것이 아니라 시인의 내면을 감금하고 있는 것이다. 여기에
김현서의 매저키즘적 태도가 담겨 있는 것은 아닐까? 희망

없는 세계에서 자기를 매질함으로써 자신의 존재를 증명하고자 하는 것이 매저키스트의 순교적 대응방식이라면, 김현서의 '환멸 속에서 살아가기'는 매저키스트의 존재방식과 매우 유사한 면을 지닌다. 이처럼 심리적 억압과 고통이 극대화될 때 그것을 표상하는 이미지들은 기괴함으로 일그러지거나 파괴적인 형상을 띠게 된다.

섬뜩함, 불길함, 불안함 등을 유발시키는 그로테스크(Grotesque)한 이미지를 압도적으로 구현함으로써 김현서는 자신의 지치고 피로한 의식의 풍경을 독자에게 내보인다. 김현서가 보여주고 있는 기괴함에 대한 충동은 오늘날 하나의 시적 계보를 형성할 만큼 많은 시인들에게서 발견되는 현상이기도 하다. 불가해한 환상성을 전면에 내세우고 있는 여타의 시에서 병적이고 잔혹한 이미지들의 병치와 중첩을 우리는 손쉽게 발견할 수 있다. 그런데 대부분의 환상풍의 시가 악몽의 서사에 의존해 시의 맥락을 구축하는 것과 달리, 김현서의 시는 악몽의 서사가 아니라 악몽의 서정을 훨씬 강하게 부각시킨다는 특징을 지닌다. 끊임없이 출몰하는 어둡고 무거운 불구의 이미지를 따라가다 보면, 김현서의 시편들은 하나의 거대한 고통의 덩어리로 서로 엉겨버리기조차 한다. 그의 시가 철저하게 자신의 내면을 겨냥하고 있음을 말해주는 증거라 할 수 있다. 이때 너무 과다하게 동원된 이미지들이 좀 더 집중된 형상으로 응집되었으면 하는 안타까움이 들기도 한다. 더불어 그의 시에서는 특이하게도 환상의 영역과 미메시스의 영역이 서로 뒤섞이는 현상이 발견되기도 하는데, 이와 같은 혼합방

식은 그것이 무의식적 시도일지라도 오로지 환상성만으로 구축된 작품과는 또 다른 리얼리티를 거둘 가능성을 시사한다. 즉 시에 등장하는 비현실적 표상물이 기실은 현실과의 극심한 충돌에 의해 빚어진 의식의 산물임을 암시함으로써, 시인은 자신의 표상물이 결코 가상이 아님을 호소한다.

2. 서랍 속의 수감자

세계가 환멸로 가득함과 동시에 그 환멸을 소멸시키는 것이 불가능하다면 존재의 시선이 밖을 향해 확산되는 것 또한 불가능할 것이다. 안으로 굴절되고 응결된 시선이 오랜 시간 밖으로 확산되지 못할 때 존재는 자신의 에너지를 절망 속에 파묻을 가능성을 갖게 된다. 차단과 단절을 뚫고 갈 에너지가 안으로 굴절되어 들끓을 때, 그 에너지는 역으로 자기를 소진시킬 부정적 에너지로 작동할 위험을 지니게 되는 것이다. 일종의 악순환인 것이다. 최면효과를 불러오는 '플라시보'나 우울증과 강박증 치료제인 '서트랄린'과 같은 약명이 간혹 김현서의 시에서 발견되는 것도 이와 무관하지 않게 여겨진다. 시인은 시 「사람을 보면 문을 닫고 싶어진다」에서 "이제 나는 몸무게가 맞지 않는 사람들과 시소를 타지 않을 것이다"라고 고백한다. 사람에 대한 강렬한 혐오감이 묻어 있는 이 같은 발언에서 외부에 대해 빗장을 질러버린 시인의 마음을 읽을 수 있다. 환멸로 짜인 완강한 세계를 공격할 수 없을 때 존재는 안에 감금된다.

감금은 그에게 선택의 여지가 없는 삶의 조건이며 동시에 그의 내면을 상하게 하는 억압의 구조로 작용한다.

> 어디로 도망칠까 살육이 백 개의 눈을 달고 달려온다 병실 유리창을 깨고 내 눈구멍에 고슴도치를 박는다 창문이 곤두선다 가로등이 진저리 치고 생각은 담쟁이처럼 엉킨다 어디로 도망칠까 사방이 병원인데 어디로 도망치나
>
> ―「검은 눈물」 부분

> 11월 30일
> 탈색된
> 사람들을 물어 죽이기 시작한 문들
>
> ―「1999년 겨울―뱁새 도시」 부분

어느 세계이건 그 세계의 구조를 지탱케 하는 근본 규칙이 있게 마련이다. 환멸로 이루어진 세계 또한 환멸을 유지시키고 정당화하는 기만적 규칙이 존재할 것이다. 김현서의 시에 암시되어 있는 '도시' 공간이 그러한 예이다. "시바의 내장을 파먹는 칼리 서울"(「비」), "도시는 밤마다 비명으로 덧칠되었고/비명의 군락지에선 벌과 나비들이 뒤엉켜/꽃을 윤간했다"(「1999년 겨울―뱁새도시」), "도시엔 까맣게 타버린 꿈들만 자욱했네"(「고슴도치를 타고 놀다」)와 같은 구절에서 알 수 있듯이 시인에게 도시는 살해와 폭력, 윤간으로 얼룩진 부정의 세계이다. 뿐만 아니라 도시는 내 머리와 내 식성과 내 구두를 바꿔버리는 (「직장― 뱁새

도시」) 권력의 세계이다. 그곳에서 희열은 급속 냉각되고 생각은 작두에 잘린다(「습관」). 김현서의 시적 자아는 이와 같은 세계에 대해 빗장을 지르고자 한다. 이때 환멸의 세계에 등을 돌리는 위반의 태도가 세계와의 끊임없는 갈등과 불화를 야기하는 것은 불가피하다. 따라서 김현서의 시적 자아가 환멸에 대해 거부감과 저항감을 깊게 가지면 가질수록 권력자들은 이에 대해 사회적 부적응자, 불만세력, 혹은 환자라는 낙인을 찍을 것이다. 그런 의미에서 「검은 눈물」에 등장하는 '병원'은 치유가 아니라 감시와 처벌을 상징하는 억압의 공간으로 해석할 수 있다. 세계는 이 부적응자를 '병원'이라는 감시공간에 가둔다. 한 존재에 대해 환자라는 진단이 내려질 때 그의 행동과 언어는 병적인 것으로 왜곡될 수밖에 없다. 이 깊은 소외의 공간에서 도망을 시도하지만 김현서의 시적 자아는 이미 사방이 병원인 공간을 벗어나지 못한다. 그리고 존재의 자유가 완벽하게 박탈된 환멸 속에서 "사람들을 물어 죽이기 시작한 문"의 잔혹성을 의식에 각인하는 것이다. 시인은 이 같이 감금된 의식을 도상적 형태로 드러내기도 한다.

땀 쥔 손으로 서랍을 연다

> 얼굴이 방부 처리된 주민증
> 찌그러진 기업리스 주식
> 　죽은 바퀴 둘 가족사진
> 　　　독도의 조약돌 헐떡거림
> 에뉴얼 리포트 먼지
> 핏방울 목걸이 손톱　　일테면

지난 여름밤　모기향　　타버린
기억 조 개의 모래알 파도
아버지의 혀　　일요일
　　　　　　이 맞지 않는 달력
　　구름과 수염 난 장미와 토끼
　　　　　　혈혈단신
　　　공포………라는 백……지
가면 마스크
　　　자명종시계
　　　　사마귀 못 매미소리 귀마개
　　　　뒤죽박죽 엉킨 끈 신용카드
수평선 달빛 시간의 귀 일상들

　　아무것도 꺼내지 못한 채

　　　　서랍을 닫는다

　　　　　　　　　　　— 「서랍 속의 밤 9시」 전문

　　직사각형의 형태로 이루어진 서랍은 주민증과 가족사진,
추억, 절망적 자아를 상징하는 '수염 난 장미', 그리고 일
상을 견디게 하는 가면과 신용카드 따위로 채워져 있다. 이
사물들은 지극히 개인적인 것들이라 할 수 있다. 말하자면
'서랍'은 공적 세계가 아니라 사적 세계이며, 광장이 아니
라 밀실의 공간인 것이다. 이 서랍의 공간에서 "아무것도
꺼내지 못한"다고 시인은 말한다. 말하자면 김현서의 사적
공간이 광장으로 투사되지 못하는 것이다. 갇힘은 주체의
'動詞'를 말소시킴으로써 그의 자유로운 행동을 저지함을
뜻한다. 김현서의 시에 등장하는 '길'이 능동성을 잃어버
린 채 언제나 질질 끌려가는 형상(「미행」)으로 드러나는 것
도 이와 연관된다.

3. 늙어버린 시계

　'서랍'이 김현서의 시적 자아들을 유폐시키고 있는 감옥의 상징이라면 이 공간에서 변화를 기대하기란 어려울 것이다. 직사각형의 완강한 틀로부터 "아무것도 꺼내지 못한 채" 다시 닫히곤 하는 서랍은 존재의 자유의지가 활동을 멈춘 공간이라 할 수 있다. 인간의 자유의지는 삶의 고착된 영역을 해체하고 여기에서 저기로 넘나들며 새로운 삶의 지평을 확장해내는 존재의 내적 에너지이다. 즉 자유의지는 삶의 변화를 만들어내는 동력인 것이다. 변화의 동력으로서 자유의지가 그 활동을 멈출 때 존재의 시간은 정지하게 된다. 유폐의 공간은 존재와 존재의 근본형식인 시간의 감금을 함의하는 것이다. 김현서의 시에서 유독 '죽은 시계'의 이미지가 자주 발견되는 것은 이 때문이다.

> 나날은 설득되지 않았다
> 바람이 자는 동안
> 세상은 죽음으로 복구되고 있었고 바다는
> 약에 취해 있었다
> 모든 탈골된 사물들이 바다를 점령했다
>
> ─「습관」부분

　그때나 지금이나 몸 속에는 눈물이 꽉 들어차 빠져나가지 않는 튜브였고 송곳을 찾으려 내 두 발을 출장 보냈고 나는 오도 가도 못하고 두 발이 돌아오기를 기다렸고

그때나 지금이나 상처가 썩지 않도록 더 많은 소금을 사
들였고 인양선에 끌려가는 익사한 여객선

— 「그로부터 12년 후」 부분

시 「습관」의 제목이 암시하고 있듯이 김현서의 시간은
'변화'가 아니라 습관과도 같은 '반복'으로 이루어져 있
다. 시인은 이러한 시간을 설득되지 않는 나날이라고 말한
다. 죽음으로 복구된 세계, 탈골된 사물들이 점령한 불구의
세계를 습관처럼 반복하고 있는 것이 그의 시간인 것이다.
인용한 시 「그로부터 12년 후」는 이와 같은 시인의 시간의
식을 보다 분명하게 드러내는 예이다. 이 시의 시적 화자는
"그때나 지금이나" 아무런 변화를 만들어내지 못한 채 12
년 전과 동일한 존재의 상태를 반복하고 있다. 그는 눈물과
상처를 치유할 '송곳'을 찾는 데 거듭 실패함으로써 자신
을 방부제(소금)에 절인 채 익사해 있다. 이 같은 죽음의 시
간은 "상황은 해명되지 않은 채/이끼 낀 시계는 계속 돌아
갔다"(「미행」), "플라타너스가 벽시계 속에서 썩어갔다"
(「1999년 겨울—뱁새 도시」), "시계바늘을 돌리다 보면 뭐
든 늙은 벽이 되어줄 것이다/습관이란 그런 거니까"(「벽을
보고서 서 있는 여자」), "배추에 가지에 고추에/인두자국
새기며 늙어가는/미사보를 쓴 저 여름태양"(「잠꼬대」)과
같은 구절로 집요하게 변용·반복된다. 이끼 낀 시간, 썩어
버린 시간, 늙어버린 시간, 벽이 된 시간, 그것은 생성이 멈

추어진 시간이라 할 수 있다. 한편 "그때나 지금이나" 다를 바가 없다는 이 같은 시간인식은 경험의 누적에 의해 형성되며, 이는 삶에 대한 질적 판단으로 이어진다.

> 삶이란 가끔
> 공포영화를 보며 국수를 먹는 것
> 발톱 깎는 걸 잊듯 무심히 나를 잊고
> 죽음의 무게를 잊는 것
> 썩은 양파로 붐비는 삼등객차를 타는 것
> 창문을 열어놓고
> 치열한 고통과 치열한 웃음이
> 성관계를 갖는 것 그러다
> 분노가 닿을 수 없는 마음의 평원에
> 고요의 벌레를 풀어놓는 것
> 삶이란 말려도 소용없는 와이퍼
> 우울한 시간은 길고
> 삶이란 가끔
>
> —「젬병에 담아논 딸기잼」부분

이 시의 제목을 보면 시인에게 삶이란 '딸기잼'과 같은 것이다. 그런데 김현서 시의 전반적인 분위기를 염두에 두면 '딸기잼'이 결코 달콤하고 상큼한 음식으로 연상되지 않는다. 그의 시에 등장하는 검은 눈물, 암녹색의 피, 절망의 위산 등의 이미지를 떠올리면 '딸기잼' 또한 끈끈하게 엉긴 피처럼 느껴질 수 있다. 뜨거운 불에 오랫동안 졸여진

피 같은 고통이 삶이라는 사실을 '딸기잼'으로 암시하고 있는 것이다. 그런데 붉게 엉긴 삶을 시인은 '잼병'이 아니라 '젬병'에 담는다. 이 동음이의어의 펀(pun)은 매사에 서툴기만 한 시인을 대변한다. 서툰 이 젬병에게 "삶이란 말려도 소용없는 와이퍼"처럼 움직인다. 말릴 수 없는, 아니 말려도 소용없는 삶이란 주체의 의지나 능력으로 어찌해 볼 수 없는 것임을 말해준다. 주체의 의지를 벗어나 기계처럼 작동하고 있는 삶은 모순된 사건을 낳거나 망각 속으로 시적 자아를 이끈다. 그리고 때로 고요를 불러오기도 한다. 이 같은 우울한 삶의 그늘 안에서 시적 자아는 "그때나 지금이나"(「그로부터 12년 후」) 동일한 삶의 내용을 반복하고 있는 것이다. 때문에 이 시의 시적 자아의 어조는 매우 자조적이고 체념적으로 느껴진다. 이러한 체념적 어조는 닫힌 공간과 정지한 시간의 틈에서 질식해가고 있는 한 존재의 형상을 떠올리게 한다.

4. 좌절된 교신, 그 너머로

한 존재가 몸담고 있는 공간과 시간은 그 존재의 존재성을 가늠하게 하는 내용이며 형식이다. 김현서는 그로테스크한 공간과 시간 이미지를 통해 환멸의 세계에 유폐된 존재의 비극과 절망을 드러낸다. 그는 닫힌 '서랍' 속에 있으며 동일한 시간을 반복하는 '늙은 시계' 속에 있다. 닫힌 서랍과 정지한 시계는 죽음으로 복구된 세계다. 거기로부터 새로운 생성은 결코 일어나지 않는다. "환상은 다만 환상일 뿐"(「지하철을 타고」) 애초에 희망 따위는 없는 것이다. 시인은 이처럼 밀봉된 삶의 조건 속에서 주체의 의지를 실현한다는 것이 불가능하다고 말하는 듯하다. 새로운 생성 혹은 의지의 실현은 언제나 타자와의 관계성에 의해 성취된다. 그러나 세계와 우호적으로 조우할 수 없는 자에게 관계란 있을 수 없다. 「추운 여름」「젖은 행주로 식탁을 훔치다」「공중전화」 등의 시에서 '너'나 '당신'으로 명명되고 있는 타자와의 교신이 실패로 드러나는 것도 이 때문이다.

"전력질주한 직후처럼 심장이 헐떡거려."

"맛이 어때?"

"며칠이나 못 깎은 수염?"

"뜨끈한 굿판을 벌려볼까?"

"번식기의 암소가 맹수로 돌변했어."

"신수 훤한 샤브레 과자 봤어."

"턱이 비바람에 혹사당한 듯 떨려."

"비바람을 데워줄까?"

"사방엔 모습을 드러내고 싶어하는 살의뿐."

"수치를 재보자."

"평평한 바다는 위험해."

"기억을 되새겨봐."

"틀니 낀 도끼 탓이야."

"다 거품을 떠내는 국자야."

"심장에 꽂힌 칼날까지?"

"내 스스로 내 죄를 사면하면 그만이야."

"파도가 음매 하고 울어."

"이제 그만해."

"수챗구멍에 쑤셔넣고 싶은 나날이야."

　　　　　　　　　　— 「밑도 끝도 없는 대화」 전문

　그야말로 "밑도 끝도 없는" 이 대화의 의미를 따져볼 필
요는 없을 듯하다. 이 시에서 전개되는 대화는 엄밀한 의미
에서 대화가 아니라 각자의 독백이라 할 수 있다. 표면적으
로 상대편에게 말을 건네는 형식을 취하고 있지만 상대편은
그 말에 대한 대답이 아니라 그와 상관없는 자신의 이야기
를 하고 있음을 알 수 있다. 즉 대화의 유기적 사슬이 끊어
져 있는 것이다. 시인은 이를 통해 소통회로의 불안정함과
소통불능의 상태를 암시한다. 타자에게 울려갈 수 없는 말
들만이 가득한 고독한 세계가 곧 김현서의 내면인 것이다.

　김현서는 이처럼 소통불능의 세계 속에서 해체되어 가는
자신의 고통을 뚫어지게 응시한다. 그에게 세계는 '나' 의
울음을 양분삼아 자라나는 (「반란의 기회를 노린다」) 잔인
한 사육의 우리이며, '나' 를 거둬주고 실컷 농락하는(「직
장—뱁새도시」) 위악적인 삶의 조건이다. 그곳에서 그는 환
멸의 비빔밥(「우선 눈을 뜨는 거야」)을 먹으며 수감된 자아
를 들여다본다. 그의 "코르셋을 입은 거울"(「환멸(1968~)」)
속에는 핏발선 자궁과 파란 도끼와 목이 잘린 시계와 새파
란 말벌들과 식은 국이 놓여 있다. 어떻게 이곳을 빠져나갈
수 있을까? 황폐하고 잔인한 삶의 조건에 저항하면 할수록

그것이 얼마나 광포하고 완강한가를 우리는 경험으로 알고 있다. 한 존재의 가치와 의지를 아주 손쉽게 짓밟아버리곤 하는 기만적 세계에서 우리는 얼마나 자주 찢기고 병드는가. 김현서의 시에 등장하는 비극적 자아들은 모두 이와 같은 삶의 조건에 의해 희생당한 존재라 할 수 있다.

그럼에도 나는 이 시인에게 세계를 돌파할 수 있는 낭만적 정신을 요청하고 싶다. 삶의 구조를 체념할 때, 그리고 그 구조 속에서 수동화될 때 존재는 죽음을 선언하는 것이며, 이것이 곧 시의 죽음으로 이어질 위험을 내포하기 때문이다. 시인은 극도의 절망 속에서도 영원한 생성을 꿈꿔야 하는 존재가 아니던가.